누부야, 꽃 구경 가자

反詩시인선 018

누부야, 꽃 구경 가자

신혜지 시집

시와반시

| 차례 |

제1부 | 물에 베이다

10   유가사 은행나무

12   유가사

13   눈 바라기

15   덕구리난

16   내 남자의 집

17   남편 그늘

18   무화과

19   붉다

20   들장미

21   물에 베이다

22   물억새

23   생아귀찜

25   고봉밥

26   육신사 돌거북

27   몸꽃

제2부 | 이름을 샀다

30   유아방

32   치매

34   둥근 구속

36   묵묵무언

37   빈 집

39   노후 대책

41   늙은 총각의 말

42   명랑 오토바이

44   이름을 샀다

46   고양이와 멸치

48   아버지

50   양파와 보리

52   보리

54   모도리꽃

56   범순이

제3부 | 독과 약의 수다

60   장미

61   줌마렐라

62   화류동풍

64   수상한 남편

66   참꽃 다방

65   서리 맞은 고추

67   배배 꼬아서

69   서리 맞은 고추

69   독과 약의 수다

70   거미 가족

71   독과 약의 수다

72   가을, 벚나무

74   너울가지

76   쓸어 담다

78   입으로 올리는 백팔 배

79   봉황의 알

81   갈대

제4부 | 비슬산 흰 진달래

84   비슬산 흰 진달래 1

85   비슬산 흰 진달래 2

86   비슬산 흰 진달래 3

87   비슬산 흰 진달래 4

88   비슬산 흰 진달래 5

89   진달래꽃

90   벚꽃 1

91   벚꽃 2

92   달창지 벚꽃길 1

93   달창지 벚꽃길 2

95   달창지 벚꽃길 3

96   참꽃

97   나팔꽃

98   비슬산 천왕봉

100   현풍 백년 도깨비시장

해설

102   따뜻한 상처, 후끈거리는 사람, 사랑의 시 | 이성모

제1부

물에 베이다

유가사 은행나무

먼동 트려 목탁 울어
하늘이 또 날솟는다

챙글챙글 염불송경念佛誦經
세상 소음 상앗대로 눌러 놓고
바람 비질하는 대웅전 마당에 길게 누웠다

긴 세월 빼 올린 은행나무
대웅전 섶귀에 새색시 매무새로 앉아
날마다 청청한 푸른 시절이고 싶었다

수행 백 년을 해도 부재중인 해탈
유가사 문고리 무거운데
염화실 댓돌 신발 한 켤레

힘주어 가야 할 길목에서
노곤히 쉬고 있다

가을볕에 익어가는 이파리 같다

팔만사천 경 읽는 방석이나 될까
애벌레 침묵으로 참선이다

유가사

새벽어둠 가르며
비슬 산문山門에 들다

대웅전 석등
속인의 발소리에 눈꺼풀 치켜뜬다

정화수에 귀를 씻고
목청 다듬는 청동 물고기 몇 마리

목탁 귀 따라간다
맑은소리 나이테 두른 구름

느티나무 눈동자
끔벅끔벅 열리고 있다

눈 감아도 눈 떠도
잔상은 고요의 지느러미 살랑이는데

문득, 태양의 죽비 뜨겁게
비슬 산문을 내리친다

눈 바라기

용연사 재 넘어
그대 배웅하던 날

여물어 가던 사랑이
눈길에 촉촉이 사라지고

하늘과 땅
살을 섞는 눈발에

타오르는 향내의 마음
닥치는 대로 삼켜버린 촘촘한 눈의 날개

숫눈에 꽂히는 호젓한 미소
천지 합일의 시간

눈 바라기 할 일이다
숫처녀 흘린 눈물 밟으며

덕구리난

우리 집에 온 지 10년 넘었다
펑퍼짐한 자궁에 물을 가두고
홀로 버티는 동향끼리 묵은 정 키우고 산다

남편은 치렁치렁 늘어진 잎이
앓고 있는 질병처럼 버거웠는지
통증 잘라내듯 싹둑싹둑
단발머리 그 시절처럼 호리호리하다

부모 부고에 머리 풀어 헤치고
통곡하던 사촌 언니 모습이 떠올라
죽음을 지켜본 나도 뜨끔뜨끔 싫어서
가끔씩 물을 줘도 혼자 푸르던 이파리

남향집 찾아든 햇살에
굽실굽실한 웨이브로 멋을 잔뜩 부리고
켜켜이 쌓인 상처 올올이 풀어 말리고 산다

내 남자의 집

남편 떠난 빈자리
찬바람만 들어와

냉기 밀어낼 방안의 난방 텐트
봉긋하게 펼쳐진 국화꽃 한 송이

내 남자의 집
초당草堂에도 포근함이 깃들었을까

등줄기에 달라붙은 아득한 마지막 말
ㅡ자주 놀러 오라

간고등어처럼 짭짤한 눈물 데려와
나란히 눕는다

남편 그늘

삼십사만 킬로를 달렸다
굴곡진 거리를 버텨낸 베르나 범퍼에
상처가 나이테처럼 둘렸다
스치는 옷깃마다 아팠던 길들
서울까지 마실 다니듯
질주하던 흔적은 고스란히 남았는데

링거액이 유일한 소망 줄이었다
이제, 그 체취마저 사라진 간이침대가
가끔 명치끝을 훑는다
가난한 그늘이라도 남편 그늘이 좋아
내리쬐는 가을볕 맞으며 시동을 걸자
꺼이꺼이 울음 삼키며 굴러간다

무화과

푸른 하늘 젖 물리고 망울망울 키웠습니다
햇살 빨아들인 속살
붉은 꽃으로 알알이 피었습니다
꽃의 단맛 탈탈 털어 내어주고
가을엔 푸성귀 같은 잎사귀만 매달고 있습니다
세찬 비바람이 온몸을 때리고 지나갈 때
절대 굴하지 않았던 빳빳한 어깨에
치열했던 지난날 훈장 같은 염증이
멍울멍울 올라앉아 있습니다
마음을 비우고 기다립니다
식솔처럼 오글거렸던
불개미 까치도 출가시키고
가을걷이 끝낸 빈 들녘처럼
한때 단맛을 떠 올리며
서늘하게 버티고 있습니다

붉다

가녀린 발가락
물고기처럼 파닥이는
호랑나비를 보았지

자근자근 물 같은 하늘 그 선율 위로
치마꼬리 그려내는
칡덩굴 등덩굴 서로 엉켜

부르는 노래
오래도록 되새김한
육체의 향연이 붉은 피 돌리는 오월

밤눈 어두운 내 안의 눈물이
가시처럼 돋았다
붉다

들장미

헤집어 놓은 돌산 흙 한 줌 보시받아

뿌리 내렸다

한 생명 잉태하느라

촉수에 혀 찔린 흙, 심한 입덧하였으리라

생명을 지탱하는 뿌리의 신음

바람을 뿌리처럼 끌어안고

기어오른 생이 눈물겹다

세찬 소낙비

온몸 두들겨 맞고도 웃는다 참을수록 단단해져 더
붉다

돌산 뼈 밭에

뒹구는 붉은

돌 같은 얼굴

물에 베이다

낮이 낮인 것처럼 무료해서
바닥이다 문득, 한바탕 쏟아놓는 빗물에
싸늘한 열을 뜨겁게 씻는다

흥밋거리라곤 없던 날의
앙금, 몇 방울의 물로 욕실 천장을 뚫는다
방망이보다 독한 낙차를 정수리에 꽂는다

바닥이 틈을 세우고 물방울의 깊이를 가름한다
우레와 같은 물소리가 귀를 밟고 올라서도
내 몸 부스러기 하나 씻어 내지 못한다

부르튼 입술, 어떤 말부터 버릴까
물에 베인 얼굴이 사색이 되어 으깨진다
커지다가 구겨진 오만을 온몸에 박은 채

물억새

대명유수지
강마른 땅에 뻗은 근경根莖 목마르다

잎몸에 삶과 죽음의 경계 그어놓고
다가오지 말라는 까끄라기

쪽배 띄우던 물억새, 그 톱니에
강마른 해가 베인다

개수일촉鎧袖一觸의 꽃
건드리면 물까지 베는 꽃

일 년에 한 번 물을 품어
은빛 꽃자루 물억새의 생존 법칙

얕은 곳으로 몸 낮출수록
강마른 땅 꽉 움켜쥐고 섰다

생아귀찜

생아귀찜 얼큰하게 주문하면
와르르 쏟아놓는다

후각을 찌른다
검은 물살 헤치던 아귀 꼬리 불끈하다

못생겼다고 버림받아
심해 바닥을 훑었을 가시 촉순

물컹거리는 살점 발라 아들 하나 먹여주고
제왕처럼 떠나간 서방을 씹으며

암컷의 더부살이로 살다가 은총처럼 목숨 내어
주는
수컷 아귀보다 못한 놈이라고 아귀 배때기 쿡 집
어 든다

어쩔 수 없는 속풀이, 그러나
아무도 못 말리는 아귀의 이빨

고봉밥

밥 먹어라 밥 먹어라
이거 먹어라 저거 먹어라
설겅설겅 웃으며 먹던 밥
잘 먹는 것이 산목숨이라 하셨다
가을 햇살 두런두런 놀고 가던 대청마루

칠성의 구름다리 드리워진
구월 스무사흘
풍성한 밥상 받으시고도
아무 말씀 없으시네
배부르게 먹이는 것 소원이셨던

한풀이 다 하셨는지
피었다 지고 또 피는
꽃구름 고봉밥으로 다녀가시네

육신사 돌거북*

홍살문 뒤 지대석 위
육각 비석을 업은 단단한 등이 있다

육신六臣이 졌던 등짐 받아지고
어깨 걸고 일심一心을 다짐하는 발톱

바싹 마른 입술이 뱉지 못하는
목구멍까지 차오르는 곧은 절개

가야 할 곳 있는 듯
고개 쳐든 섬뜩한 여섯 눈망울

* 사육신 위패를 모신 육신사의 육각 기념비를 떠받친 돌거북

몸꽃
―『달성문학』창립에 부쳐

터진다는 것은
거룩한 일이다
촘촘한 세포를 밀어 올리며
하늘에 뿌리내린 몸의 종자
예사롭지 않아
길일 택하여 탱글탱글 피었다
뭇 인연들이 모여서
뿌려놓은 불립문자들
우뚝 산이 되고
오래 품어온 불씨 하나
몸꽃 피운다
반듯한 볼 위에
피어난 작은 불덩어리
무슨 꽃이, 무슨 열매가
저리도 농익을 수 있을까?
탐스러워라
저 아름다운 몸꽃

제2부

이름을 샀다

유아방

일요일 성당 위령회에
젊은이는 하나 없고
호호백발 소녀들만 모였다
죄인이라고
늘 목에 걸린 묵주를 찾던 로사 님이
사라진 지 닷새 만에 주검으로 돌아왔다
묵주를 찾아 나선 맨발에
동그란 상처가 알알이 박혔다
유모차에 앉은 채, 기도하는 아기들
귀먹은 기억을 부르는 출석
불러도 대답 없는 마리아 님
종일 밥만 찾는 물레질에
아들 집에 갇힌 글라라 님
빨간 눈알 앵두처럼 굴리며 누구신데요
누구신데요, 되묻는 솔라나 님
모두 한결같다
위령회 회비는 이천 원

냈네, 안 냈네 시끌벅적한 유아 방

기도하자는 회장님 말씀에 일제히

입을 닫고 눈을 감는다

치매

혈관성치매가 뇌세포에서 웃는다
영산홍 지는가 싶더니 이팝나무 하얗다
제 몸 휘청거리며 꽃의 무게를 지탱하며
흰 살점 만들어내는 혈관 속은 얼마나 더 깨끗할까

때 묻은 양심 하얗게 하는 꽃 아래
붉은 멍울 조롱조롱 매단 남천 놀고 있다
얼마 전 내 손에 죽은 남천 혼령이
뻑뻑한 혈액으로 엉겨 붙는다

블루베리 나무 사다 놓고 심을 때가 없어
고단하게 질주하는 남천을 불러 놓고 맥을 짚었다
먹을 것도 없이 뿌리만 번식시킨 병명을 덮어씌워
쫓아내려는 심보와 버티려는 고집이 한판 씨름으
로 벌어졌다

달콤한 것에 눈먼 식탐이 검진에서 덜컥 덜미 잡

헌 꼴이라니

　남천 앞에 서서 사죄라도 하는 듯 한참을 바라보
다가

　몇 줌 안 되는 흙을 끌어안고 버려진 뿌리

　한 달 동안 덩그러니 버티다 목말라 죽은 넋을 위
로하며

　고개를 숙이고 땅만 보고 걷는다

　혈관성 치매에 깜빡깜빡 적신호가 왔나보다

　나팔꽃은 배배 꼰다고 죽이고

　남천은 열매 없다고 죽이고

둥근 구속
—옥술언니

옥술 언니 목에서
옥구슬이 구르다 깨진다
묵주 알 기억이 도르르 말려있는
대구가톨릭병원 암 병동

하루도 거르지 않고 나오는 가시가
폐로 들어가 박힌 탓이겠지
입을 가리고 창자까지 끌어 올려 텅텅 뱉어도
폐부에 찬 남편 술주정 다 뱉어낼 수가 없었나 보다

날이면 날마다 만지던 보험 서류
손금에 풀어놓고
벽걸이 TV 혼자 말하는 남자를
고객인 듯 바라본다

어눌한 몸 떠받치는 병실 침대와
레일을 벗어나 삐걱대는 보조 침대

떠나지 않아도 주인 찾아올 명줄
묵주 알 기억이 뚝뚝 떨어지고 있다

묵묵무언

묵묵히 차례를 기다리며 누워있다

줄 서서 가는 저승
예를 갖춘 검은 도시락은 일찌감치 와 기다리고

식당 모니터 화면은 수시로 바뀌다가
낯익은 이름 곁에 '화장 중' 한 줄 올라탄다

먹고 사는 일 가장 중요하니
제 몸 사르며 배려하는 유훈

고개 숙여 밀어 넣는 한입 밥알
냉정하리만치 세련된 고별실 식당

상주 혼자 걷지도 못하는데
묵묵히 차례를 기다리며 삶의 잔반을 버리고 있다

빈집

오랫동안 비어있던 옆집에 자녀들이 와서 청소하네
휴가 즐기려 왔나 했더니 집이 팔렸다네
한번 들어가면 죽어서 나온다는 요양원으로
소문 따라가셨나

유모차 바퀴 구르다 멈춘 빈집 아홉 채
보내고 또 보내 마지막 남은 첫 집 할머니
덩그런 가슴에 무심한 풀만 수북해
아들 손잡고 울먹울먹 흰 봉투 쥐여주네

야금야금 뜯어내면 사라지는 초승달처럼
파란 대문집 할머니도 돌아가시고
집이 비워내는 가슴팍 얼마나 고달팠으면
이제 늙은 사람은 오지 말라고 손사래 친다

어쩌나, 삼복더위에 냉면 먹고 아이스크림 먹고
주사 맞고 약 먹고 몇 날을 드러눕거나 말거나

집도 같이 늙어가는 것이라서
홀로 지키는 내 집도 언젠가 빈집이 될 터

비면 다시 차오르는 달처럼 누군가 또 들어오겠지
인생사 돌고 돌아 옆집에
소방서에서 밥하는 분 이웃으로 온다는데
젊었을까 불 끄는 솥뚜껑 운전사는

노후 대책代册

책꽂이 책들이 반란을 일으킨다
벼르기만 하고 묵혀놓은 세월
눈이라도 한번 찔러 보고 죽어야 한다며
한꺼번에 와르르 쏟아진다면
활자에 깔려 죽을 것이다
노후 대책對策으로 깜냥도 안 되는 돈 번답시고
노후 대책代册으로 아껴 두었던
무서운 책들 스스로 소임을 다하려나
죽는 날 가까워져
대문 걸어 잠그고
터앝에 배추랑 고추랑 농사지으며
잘라도 잘라도 밀고 나오는 부추처럼
읽고 또 읽고
불어나는 책 차곡차곡 쌓아놓고
노후 계 타듯이 꺼내 읽으면 부자 같으리
같이 놀아줄 백석 아재, 동주 오빠도 있으니
외롭지 않으리

노후, 대책代册 이만하면

마음 놓고 늙어가도 좋으리

늙은 총각의 말

소금이 타는 염전에서

열 받아요

가장 닮고 싶은 아버지는

빛나는 빚을 주셨고요

덤으로 엄마 넷 얻었어요

호적이 참 단단해요

생모는 어느 목사님 아내가 되었어요

소주가 짭짤한 물맛으로 바뀔 때면

전화가 와요

기도하는 게 싫어서 받지 않아요

아버지 유언장을 봐요

술 때문에 우리 집 망했다는 말이 없잖아요

세상사 꿰뚫어 보는 건 내림인가 봐요

발자국 따라다니는 쾨쾨한 고린내

숨이 막힐 때까지

숨을 죽일 때까지

파고드는 신의 장난

바람과 별 이슬이 뼛속까지 단단해요

명랑 오토바이

10분 운동 숍 들어오는 첫 손님

남편 앞세운 지 육 년째

혼자서 중국집 끌고 간다

주문에 요리에 배달까지 쌩쌩

한 손으로 무거운 프라이팬 정신없이 돌리고 나면

주문도 없이 퉁퉁 불은 어깨 정형외과로 배달 간다

징글징글 통증 자글자글 자장면 부글부글 대출까지

음파 진동 운동기구에서 열심히 털어내고 있다

진담도 농담도 아닌 사랑을

언뜻 받은 게 응어리란다

심장에 묵힌 남편 그리움까지

탈탈탈 털어내면 깃털처럼 가벼워진 몸

잠자는 세포 게으른 늦바람까지 기지개 켠다

흐린 날엔 두루두루 임을 봐야 한다는 명랑 오토
바이

찬바람에 언 얼굴 도톰한 턱살까지 붉다

밀가루 반죽처럼 빚어져 온전한 웃음

지방세포 짜증 내며 도망간다 살 빠졌다 자랑
퇴근 후, 일 잘 도와준다는 아들 자랑
다시 태어나도 엄마 딸 되겠다는 편지 자랑
음파 감지 센서마저
명랑한 그녀를 탐내고 있다

이름을 샀다

부모 복 많고 남편 복 많은 이름 지어준다기에 항
렬 따라 지은 돌림자를 밀쳐놓고 희망찬 이름을 샀다
낯선 사람을 만난 듯 서먹하게 새 이름 속으로 들어
갔다 복 터질 날을 기다리고 있다 몸이 잘못 살면 이
름이 욕을 먹고 이름이 잘못 살면 머릿골을 앓는다

삼십 년 안고 살아온 이름에 호칭도 주렁주렁 달렸
다 민서는 나를 국장님이라 부르고 창욱씨는 지사장
님이라 부르고 후숙은 부장님이라 부르고 귀화 언니
는 원장이라 부른다 중간중간 삶이 굴곡져 있다 머물
렀던 자리마다 담보되지 못한 훗날을 만지작거리며
희구의 그림자를 퍼내고 있다

이제 복 줄 부모님도 없고 남편도 없다 귀소본능으
로 본래의 이름으로 돌아가려는데 군데군데 흘려놓
은 흔적이 발목을 잡는다. 바람이 선들선들한 세상인
심에 순수했던 젊은 시절이 없다 삶의 한 시기를 건

져 올려도 늘 그랬다 가정법원의 선고도 그랬다 본명
을 실은 수레는 낮고 신선한 선 따위는 오지 않아 이
제야 갈피를 잡는다.

굿바이 재선載仙

고양이와 멸치

알토란같은 내 영역에
배설물을 쏟아놓고 조롱하듯 거래를 트네
기름기 좌르르 흐르는 마른 멸치 내놓으라고

못 준다고 했지
칼슘 철철 넘치는 은빛 멸치는 아기 가진 며느리 몫이라
자루에 담아 빨래 건조대 위에 말렸지

글쎄, 등짝에 날개를 달고 드세게 달려들어
자루에 구멍을 내는 방자한 행동에
사약을 내리고 말았네 먹고 뒈지라고

안락해야 할 기분이 물 묻은 휴지처럼 무거운 것은
죽음을 확인하지 못한 후환 때문이 아니라
태초의 성경 말씀 사랑이란 글자를 놓친 때문

멸치가 우리 사이에 끼어들기 전에는

새벽녘 고약한 울음에 단잠이 끌려다녀 능멸당하더라도

고해성사할 만큼 죄가 크지 않았으리

울안에 똥만 싸지 말라고 멸치를 꼬박꼬박 상납하며

태평스레 먹고 있는 너와의 악연은 여기까지

너와 나 태초의 생명 사랑이란 말씀 때문

아버지

대관령 굽이친 배춧골
밭갈이 기계도 냅다 굴려버리는 산비탈
늙은 소 멍에를 목덜미에 얹고 간다

등짝 갈비뼈는 배춧골처럼 이랑을 이루고
축 늘어진 뱃가죽은 배춧잎보다 얇은 듯하다
툭 불거진 엉덩이뼈

하늘 향해 뻗은 양쪽 뿔이 익숙해 너무 익숙해
얼핏 스친 눈망울이 나를 알아보는 듯
끔뻑하더니 이내 사라졌다

샛터 논 양지바른 땅
쟁기를 매단 채 먼 산 당겨 앉으시며
담배 한 개비 빼 무시던 아버지

노란 주전자 남실남실 어머니 오시면

삶의 허기 하회탈 같은 웃음으로 지우시고
꿈에서도 늘 소 옆에 계셨다

이랴이랴! 자라자라!
한세상 몰고 가신 아버지

양파와 보리

줄기를 뿌리처럼 품은 양파밭에
출생이 그릇된 보리 한 포기 피었네

배달 나온 다방 아가씨 구경하듯
히죽히죽 모가지를 빼고 쳐다보는 숫양파

게으른 주인 덕에 같이 살고 있을 뿐
뽑혀 나갈 처지는 같다네

줄기를 눕혀서라도 아래를 탱탱 채워야
암수 선이 분명해지거늘

텅 빈 대궁으로 꽃 피우는 삶은
수컷이 할 일은 아니라고

족보 있는 보리도 양파 속에서는 잡초일 뿐
아무리 씨 퍼뜨려도 제구실 못하면 천덕꾸러기

시퍼런 젊은 날에는 맵고 단 양파를 꿈꿨는데

햇살의 꼬드김에 심지 하나 박은 것이 실수였네

보리

푸른 열정이
철새의 군무처럼 환하다
아버지 또 아버지 때부터의 밥줄

보릿고개 잊혀 가는가
유년 시절 비 많던 그해
타작을 기다리는 보리 더미에 물이 들어

아버지의 근심으로 갈변된 보리
밥상 위 가난이 불그스름 피는 보리꽃처럼 고왔다
겉보리 서 말

사나이 자존심을 지켜주었던 힘줄
누런 까끄라기를 하늘로 세우며
익은 곡식이 고개를 숙이는 건

머리의 문제가 아닌

아버지 근육 같은 대궁의 힘

푸르고 붉은 보리의 힘

모도리꽃

－정은경

날마다 카메라 앞에 선다.

화장기 옅은 얼굴

안경 너머 나지막한 목소리

굳은 손마디 같은 방역 지침을 내려놓으며

바이러스는 우리를 이길 수 없다고

또박또박 거쳐 온 이력이란 다름 아닌

우리가 아직 살아 있기 때문

어두운 무대에서 삶의 장면이 바뀌는 암전暗轉

밤낮 구별도 못 하는 바이러스와 밤낮 전쟁이라니

결말을 예언하듯

요약 보고는 돌처럼 단단하다

국민이 붙여준 별명 악바리

한 시간 덜 자는 만큼 밝아진

국민들의 눈과 귀

노란 옷에 가려진 그녀를 봄꽃처럼 본다.

늘어난 흰머리 노랗게 야위어 가는 그녀를

질병관리본부장 정은경이라 부르는데

나는 아득한 봄이 피워낸

모도리*꽃이라 부르고 싶다.

*모도리 : 빈틈없이 아주 야무진 사람

범순이

터앝이 제 화장실인 양 애먹이는 고양이가 싫어
유기센터에서 데려온 생후 2개월 된 발발이

귀를 앞으로 꺾은 얼뜨기 품새가 되려 먹히지나 않
을지
두 귀 쫑긋 살아나라고 사람 많은 가게에 풀어놓
았다

불경기에 취직된 운 좋은 놈이라 부럽다 하는 이
도 있고
주인 잘못 만난 운 나쁜 놈이라 끌끌 혀 차는 이
도 있고

강아지용 캔과 간식을 무더기로 갖다 안기며
설움 주면 신고한다고 으름장 놓는 이도 있는데

작아도 범처럼 살라고 지어준 이름 범순이

죄 크니 인간이요 복 지어야 애완견으로 태어난다
는 말에

동물이라면 질색하던 화들짝은 어딜 가고
오늘도 상전 모시듯 공손하게 불러보는 범순이

제3부

독과 약의 수다

장미

그녀의 낡은 냉장고가 도착했다
누렇게 빛바랜 문짝에 붙은 장미 한 송이
환하다, 도드라진 꽃 모가지 받치려고
줄기 대신 푸르른 작대기 삶의 지렛대 같다
말라가는 그녀의 욕창을 닦아내듯
아픈 꽃을 조심스레 떼어낸다
물 한 컵 들이켜지 못한
그녀의 피는 싱그럽다
문지기처럼 문짝에 붙어버린
페트병 하나, 갈아놓은 고춧물
뚜껑을 열자
혈관 터지듯 붉은 포물선
그녀의 마지막 소리 같다
펑, 천장에 흐드러지게 핀 장미
맵고 짰을 그녀의 고통이 피워낸 꽃밭
의자에 올라 양손 뻗어 지워내는데
그녀의 흔적이 가맣다
오월 햇살은 아직 창창한데

줌마렐라

산소 따윈 필요 없어요
숨 막혀서 더욱 은밀해요
깊이 잠든 항아리에 지르는 우리 세상이죠
물컹한 이빨로 줄기차게 줄기를 씹어요
말은 속으로 삼키고
겨레붙이 보듬어 안을 때
비로소 속이 썩어요
썩지 않으면 난 자랄 수 없어요
껍질은 벗는 게 좋아요
벗을수록 난 근엄해져요
오직 끝장까지 가는 거예요
곧 서바이벌 게임이 시작되겠죠
먹고 뱉어 놓은 것끼리 푸슬푸슬
시큼한 코가 눈살을 찌푸려요
하지만 뒷담화는 사절입니다

화류동풍

쪽머리가 잘 어울렸다는 여인
컬컬하게 타고난 득음으로
십 년 첩살이 한 풀고 있는가
장구채를 손에 쥐자
신명 나게 한 곡 땡기는 끼 철철
주름이 웃자 검버섯도 웃는다
첩이 첩에게 밀리며 뻗친 자존심으로
난봉꾼 서방과 아이 넷을 버리고 떠나온 고향
끓는 가슴에 담배만 뻐끔뻐끔
술 팔아 일수 놀이하는 게 직업이고
푼돈 같은 이자로 생활비 하는 게 나날의 삶이다
관절염 수술하고 못 걷는 운동으로
여물고 여문 살 키우며
끼니마다 막걸리로 소통되는
악성 변비까지 덤으로 얻은 인생
한때는 긴 생머리 틀어 올려
도도한 후처의 권세를 거머쥐었으나

제 자리 못 지킨 까닭은
더욱 도도한 거짓말이
위세 떠는 꼬락서니 보기 싫어서였단다
늙은 몸에도 엔간한 사내는
눈에 뵈지도 않는단다
합죽한 입으로 나팔꽃같이
배배 꼬인 인생사 말할라치면
말보다 틀니가 먼저 튀어나오고
더딘 말을 듣는 귀도 튀어나온다
아침마다 출근길에 현관문을 노크하는
작고 깡마른 남자가 있는데
대쪽 같은 성질머리 어깨가 결리는 남자
같은 통증을 투덜거리며 모닝커피 마신다

수상한 남편

장구채를 휘두르고
가야금 줄을 튕기던 아내가
병풍처럼 둘러쳐진 남편의 잔소리에
진저리를 뿜어낸다는 것이
그만 억, 비명을 지르고 말았네
상가를 몰래 분양받아
뻥뻥 튀겨 볼 요량으로
보험회사 카드회사 지인
있는 대로 끌어모은 돈이
심장에 뻥, 구멍만 남기고 날아가 버렸네
풍류를 즐기던 가게도 셔터를 내리고
산산이 부서진 크루즈 여행 대신에
근심 가득한 세간들을 들여놓는데
멀뚱멀뚱 바라볼 뿐
줄줄 새는 소리 어디로 갔나
한 달 사이 10킬로나 빠진 살
쫄바지 가느다란 다리만

앞니 빠진 몰골을 받쳐주고 있다
남편은 어떤 색깔의 입도 떼지 않네
모르는 걸까 모른 척하는 걸까
혹시 아내를 유린한 입이
남자의 귀를 훔쳐버렸는지
가야금을 튕기던 손가락으로
환자의 몸을 튕겨내는
24시간 요양병원
장구채를 휘두르던 신명으로
잔소리 대신 정신줄 놓은 어른
헛소리를 받아내고 있다
가끔씩 섧게 우는 아내 앞에서도
태연한 남의 편
그만 억, 튀어나오게 한번은
뒤통수를 오지게 후려쳐줄 일이다

참꽃 다방

흐드러지게 핀 참꽃인 듯

먹을 수 있는 환한 자리마다

열매 없는 사랑

푸르게 멍든 심장의 붉은 티켓

단골손님 어깨에 묻혀

커피잔에 피어나는 너는

고통으로 피는 꽃이야 향기야

깨알 같은 정 털지 못하는 비밀 있어

입김 서린 창문에 어리는 고향

언제쯤 다방 길 봄버들이 알려나

두고 온 집 담장 앉은뱅이 채송화가 알려나

꽃불 지펴 마른 마음 태우는 참꽃 다방

비슬산에 옮겨 놓았나

푸르게 멍든 심장의 붉은 티켓

배배 꼬아서

길가에 널브러진 나팔꽃 한 포기
번듯한 개집 옆에 옮겨 심었네
아침마다 도사견 네 마리 똥을 씻어 내려
그 거름 받아먹고 자란 나팔꽃
나무처럼 아침마다 수십 송이 꽃을 피웠네
장미보다 더 아프게 눈을 찔렀네

덩굴져 감아올린 줄기가 배배 꼰다고
집안이 따라 꼬인다는 매캐한 소문
남편은 사업 중 애들은 유학 중
따라 꼬이면 안 되는 큰일
담장 안에 예쁜 꽃 피우며 도도하게 사는 나팔꽃
한 치 미련도 없이 톱을 들었네

쓱쓱, 허연 피 쏟으며 낭설에 걸린 명줄
아랫도리 잘려도 몇 날을 뼛속 진액까지 다 빼주며
맺은 꽃봉오리 그마저 다 피우고 가더라

내 자식 내 남편에 깔린 허무한 나팔 소리

불 때마다 허물어진 낭설의 믿음

서리 맞은 고추

농사도 모르는 싸늘한 여자가
찬거리 조금 따서 된장이나 보글보글 끓일 일이지
고추밭을 통째로 싹쓸이했네

느닷없이 당한 서리에 나자빠지는 고추밭
벌레 먹은 촌뜨기는 용케도 살아남아
여자의 허연 행실을 일러 주네

바싹 마른 가뭄 탓에
올망졸망 키우던 새끼 다 뜯기고 째려보는
고추의 눈초리 아리다

쨍쨍한 여름 다시 약이 팅팅 오를 때까지
땡고추보다 매운 속이 부글부글 끓거나 말거나
텃밭 붉은 흙만 잠시 허정에 들겠지

거미 가족

거미가 줄을 친다
오직 한 우물만 파는 저 옹골참이란

한 건물에 세든 처지
언젠가 줄을 걷어야 하는 관계 속에서
연민이란 살아있는 목숨 지켜주는 것
밤새 지어놓은 집 무너져도
내장 속 효소까지 꺼내놓는 거미
오직, 률律 률律 률律 한 우물만 파는 저 본능
끈질기게 달라붙는 그들을
가족이라 부른다

독과 약의 수다

사방이 마늘밭인데 멀찌감치 이웃 동네 찾아가는
여인네들 농약을 덜 쳤다는 이유라는데
새벽 축축한 밭에서 마늘쫑을 뽑는다

톡 쏘는 성질 죽이지 않으면 먹을 수도 없는데
마늘에 붙어사는 벌레는 얼마나 독할까 걱정하자
더 독한 농약을 알고 있다고 농부가 자신한다

유독 아궁이 불 지피는 걸 좋아한다는 여인은
독 요리 전문가라며 몸속 바이러스쯤 다 죽일 기
세로
독을 약으로 쓰겠다며 옻닭을 한다

목숨 끊는 독, 목숨 잇게 하는 약
둘이 만나면 독약, 뒤집으면 약독이라는 젖은 수
다들이
마늘밭을 해독하는 햇살에 말라 간다

가을, 벚나무

길을 태우고 있다

서리 한번 내렸을 뿐인데
속엣것 다 내어주어
타는 길 걷고 있는
속을 태우고 있다

손가락 빳빳한 시어머니 밥상을
끼니마다 차리는 며느리
섬기는 손끝마다
노랗게 물들었는데

저녁이면 귀 어두운 시어머니 티브이 소리에
기계 소리 멈춘 공장 귀퉁이에서
대리운전비 꼬깃꼬깃 쥐고
벚나무 애벌레처럼 웅크린 채 잔다

한두 회 일벌레로 살아도 좋으리
얼굴이 벌겋게 타고 있다
우울이 하얗게 타고 있다
땅속에서 서릿발이 솟아올라도

꽃길이란 이름 때문에
숭숭한 잎
퍼석거리고 있다
길을 태우고 있다

너울가지

카톡이 왔다
작은아들
—엄니, 어버이날이네요 함께 못해 아쉬워요
큰며느리
—내년에는 함께 해요 시골 가고 싶어요
바로 답장을 쓴다
—마음은 고맙다만 엄마는 개념도 없다
쓰다 이내 지운다
나 없다고 아이들도 따라 없어지면 안 되니까

너희 유학 시절 오월 장미 꺾어다
아빠께 대신 드렸는데
—카네이션 받아 본 지 하도 오래되니 아무 생각
도 없다
적다가 이내 또 지웠었다
말속에 뼈 있는 듯싶어

괜찮다 올해 코로나로 시끄러운데
─다만 엄마도 부모님 안 계시니 허전하네
문자 보내려다
있을 때 잘하라 티 내는 것 같아서
─오야
간신히 얻은 한마디
5월 가시마저 담뿍 품었다

쓸어 담다

두뇌가 구석구석 자라는 대구과학기술원
텅 빈 토요일 보슬비 내리니 상쾌하다
산 꿩 울음에 화들짝 놀라 본관 오르니
논밭 여러 마을까지
한입에 삼켜버린 테크노폴리스가 훅 들어온다
제과점 쿠키 같은 원룸들 다닥다닥 구워지고
쇠기둥 탁탁탁
한세상 떠받들 아파트 밟고 뭉그대다

딸 아들 한꺼번에 쏟아내 헐렁한 뱃속에
여러 개의 쿠키를 상속받았다는
그녀 얘기를 듣는 무심한 오후
미련한 시계는 눈치도 없이 느려 터졌다
점점 굵어지는 빗방울을 쓸어 담으며
큰딸 시집갈 때 근심도 어지러이 쓸어 담으며
십 년 더 쓸어 담아야 반들반들 말년 꽃이 피려나

틈틈이 엿본 스마트폰 세상에 오금이 저려오고

쓸어 담아야 사는 하루하루가

하늘 한 귀퉁이 받치고 있다

입으로 올리는 백팔 배

주지 스님은 신도를 세포처럼 생식한다
삼십 년 동안 혼자 키워왔다던 암자
용왕제를 한 달에 두 번 지내면서
돈이 불어나고 몸도 불어났다
방생한 신도 수두룩하다
더부룩 살 비집고 들어간 신공 세포는
얼마나 대단한 불력으로 빵빵할까
신도들 토마토 농장 울력 공덕
억겁의 땅심 벗겨내고
염불로 키운 열매 염주처럼 달렸다
입으로 올리는 주지 스님의 백팔 배
둥싯거리는 뱃가죽이
신도 명단을 불경처럼 그러모아 쓸고 있다
숨을 뱉으며 자랑을 뱉으며
극락왕생에 방생할 미지의 세포를
용왕님 발가락 사이로 밀어 넣고 있다
보살이었다
법사였다

봉황의 알

비슬산 천왕봉이 양쪽 날개를 펼치고 있다
수도봉과 대견봉
능선이 내어주는 길
수많은 발길에 얼마나 살갗이 벗겨졌을까
땅에 심지를 박고
모서리를 깎아 내느라 장골이 아팠겠다

비슬산 자연 휴양림
산림치유센터 세우려다 발견된
둥근 바위 봉황의 알
유가사 주지 혜성 스님은
비슬산 능선이 봉황이 알을 품은 형국이라
알집에 자리 잡은 유가사가 상서롭다 하였다

금방이라도 용틀임할 듯
억만 겁 품었다 쏟아놓은 알
구상풍화球狀風化의 민낯으로

햇볕과 물과 바람 마시며
억겁의 살갖 서늘하다

갈대

물을 물고 발톱에 낀 이끼로
숱한 생명 먹여 살리며
무리 지어 산다

잔뼈가 굵어지면서 갈숲이 되었다
장마가 지나가자
물거미 남김없이 쓸어내려

황토물에 몸을 씻는다
스치는 인연 보내고 있다
물의 울렁임 수없이 견디며

앙버텨온 발끝
만장일치로 허리 숙여
물을 밟고 단단히 버티는

저 시퍼런 혈맥

제4부

비슬산 흰 진달래

비슬산 흰 진달래 1

흰 속살 살포시 드러내
대를 이어 피었네

꽃샘바람 불 때마다
청렴청렴 흔들리며 홀로 핀 눈물이여

붉은 무리 속 피멍 든 순결
꽃의 허물 덮어쓴 아득한 탄핵

구근久勤의 노여움 하얗게
태양을 향해 핀다

비슬산 흰 진달래 2

비슬산 진달래
핏기 없이
새하얗게 피었네

눈꽃 바람 매서워도
결백 결백
감옥에서 밤을 샌 세월이여

적폐 청산 촛불의 나라
촛불 허물
덮어쓴 멧부리 참꽃

소쩍새 구슬피 우지 마라
화란禍亂 너머
화란花爛으로 이기리라

비슬산 흰 진달래 3

달성군 현풍면 학산아파트 앞
버스 승강장

낮달처럼 떠 있던 시
'비슬산 흰 진달래'

불편한 손님 태운 버스
바다로 갔네

분홍 바다에 아스라이 비슬산
흰 진달래 한 송이 등대섬이 되었네

물의 힘으로 시화詩話가 되고
섬과 섬이 만나 필화筆花가 되네

비슬산 흰 진달래 4

척박한 땅 한 줌 흙 움켜잡고
애면글면하는 꽃

남벌濫伐의 숲에서 가장 먼저 일어서서
황토 끌어안는 선녀화

폭풍과 비바람의 골짝
바위틈에서도 굳게 믿는 꽃말 있으니

별처럼 선명한 결백 있으니
역사가 들고 일어난다

백의민족의 꽃
멸종 위기에 선 나의 꽃

비슬산 흰 진달래 5

봄은 꽃샘바람 타고
오고야 만다

뿌리가 태동하고
심장에서 붉은 피가 돈다

지울 수 없었던 울울한 기억
탯줄 감긴 자리

한숨과 비탄의 검은 봄비 맞고
우뚝 선 순백의 꽃

비슬산 태양처럼
대확행大確幸을 완성할 희망으로 핀다

진달래꽃

배시시 핀 둔덕

맘껏 훔쳐봐

비슬산 싸한 바람 한 사발 들이켜고

갇혀 있던 생명 춤추게

한들한들 붉은 끼

돋아나도록 울렁거리게

황홀한 입덧 한 번 해봐

뭇 생명 살찌우는 어지럼증이야

육신을 우려낸 꽃술이야

목젖이 파란 하늘에 젖는다는데

까짓 흐드러지게 피워 봐

뭇 생명 하르르 날아가는 어지럼증이야

벚꽃 1

벚꽃은 벚꽃을 닮았다
벙글벙글 벙그는 꽃이다
벙글다 뻥뻥 터지는 꽃이다
꽃 위에 꽃 피우는 봄날
나무 뻥뻥 차는 장대비
하얀 꽃비에 흠뻑 젖은 사랑
결코 치유될 수 없어
벚꽃과 벚꽃의 연분
축축한 향기 뚝뚝 흘리며
하릴없는 시선 물끄러미
서 있는 봄 햇살

벚꽃 2

쑥 캐는 누부야 바구니 들고
가난한 가슴 벚꽃처럼 벙글었지

자다 놀라 소리쳐 어둠 속 뛰어들던 꿈이
어머니 기도 속에 묻히고

하늘 버리고 땅 버리고
천당 거기 있다고 생각했을까

누부야, 꽃구경 가자
품바 장단에 하얗게 웃던

이제야 돌아보는 누부야 가슴에
꽃잎으로 좌정하던

달창지 벚꽃길 1

꽃 실컷 피워놓고 목이 바싹 타던 벚나무에 산성비 마구 내린다. 4월 강풍이 벚나무 가지 허리춤을 싸잡아 비튼다. 흔들리는 만큼 달창지 튀밥 사락사락 흩어진다. 하천으로 논바닥으로 목줄 풀어놓은 범순이처럼 이리저리 냅다 뛴다 이 봄 어디쯤에서 바람과 비 꽃잎이 만나 뭉쳤을까. 단결의 힘은 무섭고 차갑다. 자동차도 전속 질주하다 턱! 범순이가 들이받은 문짝이 조용하다. 올 것이 왔네. 죽었나? "깽" 바퀴 밑에서 살아 도망가는 범순이 천방지축 날뛰는 꼬리가 꼬락서니로 바뀌는 것도 조합의 힘인가, 짧지만 짧지 않은 풍경 봄비 퍼붓는 달창지 벚꽃길

달창지 벚꽃길 2

부녀회 천막 들썩들썩이는 봄바람
동동주 지짐 먹거리 푸짐하니
경로당 할머니들 봄나들이 나오셨네

군수님 읍장님 벚꽃 유세에
겨우내 자글거린 근심 내려놓고
주름주름 오지게 웃네

노란 산수유에 내려앉던 삼월 폭설
벌겋게 충혈된 벚나무의 갈변
피네, 못 피네 수군대던 달창지 할매들

걱정 마소 아랫동아리 실핏줄까지 빼 올려
한달음에 열어젖힌 숨통 흐드러지니
늘그막 저무는 가슴에도 꽃길 열리네

좋네 좋네

꽃에 취해 동동주 한 세월에 취해

야들야들 건너가는 달창지 벚꽃길

달창지 벚꽃길 3

'벚꽃 축제는 하지 않습니다'
펄럭이는 현수막 홍칫뿡
벚꽃보다 먼저 와 자리를 잡았다
밥벌이시켜 주는 벚꽃에
예를 갖추듯 한 줄로 선다
조금씩 부푸는 꽃봉오리보다
더 값을 치른 자릿세 주고 전을 편다

아이들은 달고나 가게에 앉아 별을 딴다
풍선을 몇 개나 맞혔을까
춤추는 엿장수 가위 절걱이고
색소폰 눈물을 감추고 노래 불러제낄 때
신발가게 진열대 벚꽃 한 잎 또 한 잎
꽃 지면 갈 곳 없는 천막
빨간 꽃 필 때까지
높새바람에 벚꽃 받침만 낡았다

참꽃

비슬산 마루에 흥건하게 핀
참꽃 따라 간 당신

당신 보낸 지 두 해
햇살 깔고 앉아 청승 떠는 봄날

천둥산 박달재를 좋아했지
막창에 소주 없인 못 산다 했지

내 탓이지 내 탓이야
기다리다 눈물 공장 공장장이 되었지

삼십 년 섬긴 당신 누워 나갈 때
비슬산 참꽃 두건 쓰고 따라갔지

당신 보내고 내 심장에
참꽃 가득 심었지

나팔꽃

몸 배배 꼰다고 몸 꼬여서 죽은 여자
집안이 따라 꼬인다는 터진 입 굴러다녀
삼십 년 첩살이 홑치마 동여매고
꼬는 것 하나로 사내를 사로잡았나
밀어내는 힘은 뜨거운 피를 타고 흐르고
밀리는 것은 차가운 피, 그 경계 안팎의 차이일까
진보라 꽃 날마다 피워 올려도
그 여자 이름은 첩
첩첩난관에 굵어가는 자존심
본성 버리고 꼬인 몸 풀어 볼 생각 애당초 없다

비슬산 천왕봉

비슬산
주인이 바뀌었다고 술렁거렸네
민심은 뒷말을 데리고

잔치를 여네
질척거리던 쑥덕공론
비운의 꼬리 떼고

오색실 건너 남실남실
대견봉 밀어내고
안방 되찾는 천왕봉

평생 구정물만 들이켠 돼지 입에도
배춧잎 물고 콧구멍까지 벌렁거리네
비슬산 막걸리도

제집인 양 퍼질러 앉았네

조화봉
대견봉 거느리고

우뚝 끓어오르는
한 덩어리의 맥
일천 성인* 출현하실 때까지

길에 돌로 서 있을
비슬산 천왕봉

*삼국유사에 비슬산 일천성인 출현한다고 서술되어 있음

현풍 백년 도깨비시장

초록 머리 현이 도깨비 빨간 원피스 입고
액세서리 가게 앞 허기진 팻말 흔들며
모든 근심 다 달라 하네
노지 시금치 수북이 올리는 노모
까만 빈 봉지 버석거리는 애환
불면 날아갈 듯 딸기 다라이 소복한 지폐
도깨비 손아귀에 끌려오는 현풍백년시장
옹기종기 앉은 살림살이 난전에 좌판 벌일 때
봄 소쿠리에 쑥 향 달래 향
뒷골목 옹기 가게 누룩도 깨어
폴폴 아랫목 술 익는 마을이 따라오고
뻥튀기 아저씨 호루라기 소리에
내지르는 풀빵의 비명
현이야, 풍이야, 백 년 도깨비야!

해설

따뜻한 상처, 후끈거리는 사람, 사랑의 시

이성모(문학평론가, 창원시김달진문학관장)

1. 들어가며

2007년에 등단하여 무려 15년 여에 신혜지 시인의 첫 시집 『누부야, 꽃구경 가자』가 상재되었다. 요즈음 시집 내기를 시답잖게 여겨, 두서너 해 걸러 시집을 양산하듯 내는 시인들과 견주어 굼뜨기 짝이 없다. 그 까닭은 시에 관한 염결성廉潔性에 있다. 시를 바라보는 눈이 높고 맑아서, 자신의 작시 역시 깨끗하고 조촐하여 허물이 없을 만큼 갈고 닦았다. 이는 시인으로서 좋은 명성과 명예를 서둘러 얻으려는 마음을 일찌감치 버리고 오롯이 정진한 결과이다. 퇴고에 퇴고를 거듭하여, 어리석고 둔하다고 여길 정도로 작시 과정은 지난至難하였다.

이 글은 깊고 넓은 사유와 감성, 지난한 퇴고의 바다를 거쳐 살아있는 섬처럼 다가온 신혜지 시를 살펴보았다. 사랑하는 남편과 남동생의 죽음, 늙거나 병들거나 고독하게 사는 사람을 향해 다함 없는 사랑, 삶의 시련과 고난이 사람을 시들게 하여도 흐린 데 없이 밝음을 잃지 않는 인생을 향한 찬미, 그리고 자신이 사는 지역과 달성 사람 사랑에 흠뻑 빠진 천진성이야말로 신혜지 시의 특장점이다. 소식蘇軾은 인간을 일컬어 "아득히 넓은 바닷속 한 톨의 좁쌀"(渺滄海之一粟, 「前赤壁賦」)이라고 하였다. 그럼에도 불구하고 인간을 향한 가없는 이해와 공감, 지역을 향한 천진한 애정과 측은지심은 신혜지 시의 덕목이자 지향점이다. 신혜지의 시적 체험으로 넉넉해진 인간을 향한 이해의 깊이와 넓이를 좇아 시 세계를 가늠하였다.

2. 시적 대상의 감지 혹은 존재에 관한 자각

춘란추국春蘭秋菊이라는 말이 있다. 봄의 난초와 가을의 국화는 나름의 특색을 지니고 있어 어느 것이 더 낫다고 할 수 없음을 이르는 말이다. 신혜지의 등

단 대표시가 그렇다. 시적 화자가 섣부르게 개입되어
성글지만 여백의 미가 돋보이는 것이 등단작이라면,
퇴고에 퇴고를 거듭하여 물물의 본상을 체관諦觀하여
꿰뚫어보는 것이 이 시집에 수록된 같은 제목의 다
른 작품이다.

먼 동 트려 목탁 울어
하늘이 또 날솟는다

챙글챙글 염불송경念佛誦經
세상 소음 상앗대로 눌러 놓고
바람 비질하는 대웅전 마당에 길게 누웠다

긴 세월 빼 올린 은행나무
대웅전 섶귀에 새색시 매무새로 앉아
날마다 청청한 푸른 시절이고 싶었다

수행 백 년을 해도 부재중인 해탈
유가사 문고리 무거운데
염화실 댓돌 신발 한 켤레

힘주어 가야 할 길목에서

노곤히 쉬고 있다

가을볕에 익어가는 이파리 같다

팔만사천 경 읽는 방석이나 될까

애벌레 침묵으로 참선이다

―「유가사 은행나무」전문

　여명 무렵 게으른 수행자를 경책警策하는 목탁이
울자, 무명의 어둠을 열어젖히는 하늘이 날아오를 듯
매우 빨리 위로 솟는다. 부처를 마음에 새겨 불경을
외는 일이 속세의 온갖 번잡한 소리를 "상앗대로 눌
러 놓"은 듯하다. 번뇌로 인해 끝없는 여울물이 가득
한 얕은 물에서 언젠가는 새로이 배를 밀고 나아갈 때
쓸 상앗대이다. 이 시의 숨은 화자로서 서정적 자아는
불현듯 '은행나무'로 의물화되어 "날마다 청청한 푸
른 시절"이기를 바란다.

　그러나 은행나무가 바라본 "유가사 문고리"는 미
천한 중생의 무지로 인해 더욱 무겁고, 유가사 조실
스님이나 방장 스님이 거처하는 염화실에 "댓돌 신발
한 켤레"는 화두를 깨쳐 득도의 경지에 이르러 "힘주

어 가야 할 길목에서/ 노곤히 쉬고 있다." 진정한 도
는 어디에 있는가. "가을볕에 익어가는 이파리"에 있
는 듯하다. 은행나무로 의물화된 서정적 자아는 조실
스님의 발끝에도 미치지 못하여 "팔만사천 경 읽는
방석"이거나 "애벌레 침묵"으로 꼬물거리는 미미한
존재임을 스스로 알아차린다.

　이른바 속인俗人이다. 신혜지에게 있어 속인이란 "
정화수에 귀를 씻고/ 목청 다듬는 청동 물고기"이며
"목탁 귀 따라", "맑은 소리 나이테 두른 구름"(「유가
사」)으로 물화된다. 속세의 티끌에 찌든 귀를 맑은 물
에 씻고, 목청을 다듬는 청동 물고기, 혹은 맑은 소리
나이테 두른 구름으로 감지(prehension)하는 내면의
세계이다. 시적 대상을 막연하게 건너다보는 게 아니
라, 보고 느끼어 내면적 심리의 세계로까지 확장하는
미적 태도를 견지하고 있다. 감지는 시적 대상을 인
식하는 거멀못으로서 시적 대상을 하나의 세계로 본
다는 점에서 유별나다.

　　　생명을 지탱하는 뿌리의 신음

　　　바람을 뿌리처럼 끌어안고

　　　기어오른 생이 눈물겹다

세찬 소낙비

온몸 두들겨 맞고도 웃는다 참을수록 단단해져

더 붉다

돌산 뼈 밭에

뒹구는 붉은

돌 같은 얼굴

　　　　　　　　　　　　　－「들장미」부분

　위 시에 나타난 들장미에 관한 지각은 관념적 관점에 바탕을 두고 있다. 들장미를 바라보며 느껴 지각할 수 있는 여러 요소, 예컨대 생명을 지탱하는 뿌리는 "신음"으로 표상되고, 헛헛한 바람을 끌어안고 있다. 세찬 소낙비로 표상되는 시련과 고난 앞에 "웃는다 참을수록 단단해져 더 붉다." 신음을 내야 하지만 참을수록 단단해져 붉은 삶을 살아내야 하는 존재에 관한 자각, 그 관념을 "돌산 뼈 밭에/ 뒹구는 붉은/ 돌 같은 얼굴"이라는 의물화된 들장미를 통해 감지한다. '들장미'라는 실재와 '붉은 돌 같은 얼굴'이라는 존재에 관한 자각 혹은 관념이 상징화되는 자리에 신혜지의 시가 있다.

대명유수지
강마른 땅에 뻗은 근경根莖 목마르다

잎몸에 삶과 죽음의 경계 그어놓고
다가오지 말라는 까끄라기

쪽배 띄우던 물억새, 그 톱니에
강마른 해가 베인다

개수일촉鎧袖一觸의 꽃
건드리면 물까지 베는 꽃

일 년에 한 번 물을 품어
은빛 꽃자루 물억새의 생존법칙

얕은 곳으로 몸 낮출수록
강마른 땅 꽉 움켜쥐고 섰다

―「물억새」 전문

　　물억새의 근경, 말하자면 뿌리처럼 보이는 줄기가
물기가 없이 바싹 메마른 땅에 뻗었다. 물억새의 삶터

는 이미 운명적으로 척박한 지경에 내던져있다. 따라서 물억새는 살아남기 위해 "잎몸에 삶과 죽음의 경계 그어놓고/ 다가오지 말라는 *까끄라기*"를 삶의 본질로 삼았다. 선형의 잎몸은 삶과 죽음을 가르는 경계인으로서 아슬하게 살아가는 존재의 표상이며, 잎 가장자리의 톱니는 자신을 해칠라치면 *까끄라기*로 베어버리겠다는 공격적 방어의 표상이다. 물억새의 톱니는 바싹 메마른 땅을 만드는 해를 베기도 하며, 자신을 건드리면 "물까지" 벤다. 여리디여린 물억새이지만 상대편을 물리침은 물론, 해와 물에 이르기까지 베는 그야말로 개수일촉 그 자체로 살아간다. 생애에 얕은 곳, 구석지거나 낮은 곳에 임해야 할 때는 더욱 몸을 낮추고 "강마른 땅 꽉 움켜쥐고 섰다." 예컨대 물억새의 생존 법칙이다.

바닥이 틈을 세우고 물방울의 깊이를 가름한다
우레와 같은 물소리가 귀를 밟고 올라서도
내 몸 부스러기 하나 썻어 내지 못한다

부르튼 입술, 어떤 말부터 버릴까
물에 베인 얼굴이 사색이 되어 으깨진다

커지다가 구겨진 오만을 온몸에 박은 채

　　　　　　　　　　　　　　　－「물에 베이다」 부분

　위 시의 화자는 첫 연에서 "바닥이다 문득"이라고
하며 자신의 삶이 세상의 가장 낮은 곳에 처해있음을
토로한다. 욕실에서의 물은 "방망이보다 독한 낙차를
정수리에 꽂는다." 삶의 자존감이라 할 수 있는 정수
리에 방망이보다 독하게 내리치는 물이다. 가혹하리
만치 자신을 책망하더라도 "내 몸 부스러기 하나 씻
어 내지 못한다." 그리하여 입술이 들떠 터지는 순간
"어떤 말부터 버릴까"라는 자책지변自責之辯을 내뱉는
다. 스스로 깊이 뉘우치더라도 "물에 베인 얼굴이 사
색이 되어 으깨진다." 이른바 존재의 절멸에까지 이
르는데, 이 모든 까닭은 "커지다가 구겨진 오만"에서
비롯된 것이라고 한다.
　이처럼 처절하게 자신의 존재를 들여다보는 시를
쓰는 것은 예삿일이 아니다. 삶의 바닥에서 자기 존
재가 완전히 없어지는 불안을 목도目睹하는 실존의식
이다. "바닥이 틈을 세우고 물방울의 깊이를 가름"하
더라도 결코 해소될 수 없는 가위눌림, 게다가 으깨
어진 얼굴로 이 세상에 선다는 인식에서 신혜지의 시

는 출발하고 있다.

3. 따뜻한 상처, 후끈거리는 사람, 사랑

　실존적 자각에 이르게 하는 거멀못에 조우遭遇한 것은 남편의 죽음, 그리고 남동생의 죽음이다. "가난한 그늘이라도 남편 그늘이 좋아/ 내리쬐는 가을볕 맞으며 시동을 걸자/ 꺼이꺼이 울음 삼키며 굴러간다." 간병을 위해 "서울까지 마실 다니듯/ 질주하던 흔적은 고스란히 남았는데… 이제 그 체취마저 사라진 간이침대가/ 가끔 명치끝을 훑는다"(「남편 그늘」) 그가 남기고 간 자리는 어떠한가.

　　　　남편 떠난 빈자리
　　　　찬바람만 들어와

　　　　냉기 밀어낼 방안의 난방 텐트
　　　　봉곳하게 펼쳐진 국화꽃 한 송이

　　　　내 남자의 집

초당草堂에도 포근함이 깃들었을까

등줄기에 달라붙은 아득한 마지막 말
- 자주 놀러 오라

간고등어처럼 짭짤한 눈물 데려와
나란히 눕는다

　　　　　　　　　　　　　　　-「내 남자의 집」전문

　"남편 떠난 빈 자리" 냉기가 싫어, 방안에 난방 텐트를 쳤는데 그 모양이 "국화꽃 한 송이"로 감지된다. 서풍이 서늘한 가을에 피는 국화를 떠올리자 문득 죽은 "내 남자의 집" 초당이라 할 수 있는 무덤이 서늘할까 저어된다. 그리고 보니 "등줄기에 달라붙은 아득한 마지막 말/ -자주 놀러 오라"가 마음의 귀청을 때리고 "짭짤한 눈물 데려와 나란히 눕는다"

　　　용연사 재 넘어
　　　그대 배웅하던 날

　　　여물어 가던 사랑이

눈길에 촉촉이 사라지고

하늘과 땅
살을 섞는 눈발에

타오르는 향내의 마음
닥치는 대로 삼켜버린 촘촘한 눈의 날개

숫눈에 꽂히는 호젓한 미소
천지 합일의 시간

눈 바라기 할 일이다
숫처녀 흘린 눈물 밟으며

—「눈 바라기」 전문

위 시는 '떠난 이를 배웅하는 이별의 방법은 무엇
일까'를 떠올리게 한다. "연민이란 살아있는 목숨 지
켜주는 것"(「거미 가족」)이라지만 이미 죽은 이를 향기
롭게 떠나보내는 길은 어떠해야 하는가. 위 시의 화
자는 사랑하는 이를 떠나보내며 살아서 가장 사랑했
을 때를 떠올린다. 이를 두고 사람이면 누구나 가지

는 예사로운 마음이라고 할 수 있겠다. 그러나 이는 서로의 사랑이 살아서나 죽어서나 알뜰살뜰하지 않으면 불가능하다.

살아서 "여물어 가던 사랑"이 "눈길에 촉촉이 사라지고", 그대는 "하늘과 땅/ 살을 섞는 눈발에" 몸을 뉘었다. 가신 이의 향기를 "닥치는 대로 삼켜버린 촘촘한 눈의 날개"를 보며, 눈이 와서 쌓인 상태 그대로의 깨끗한 "숫눈에 꽂히는 호젓한 미소"를 떠올리는데 이는 가신 이와 남은 이가 만나는 "천지 합일의 시간"이다. 그리하여 시적 화자는 가신 이를 처음 만났던 "숫처녀" 시절처럼, 예나 지금이나 순결한 사랑의 "눈 바라기 할 일이다"라고 다짐한다. 떠난 이를 향한 지극한 마음은 남동생을 보내는 화장장에서도 극명하게 드러난다.

묵묵히 차례를 기다리며 누워있다

줄 서서 가는 저승
예를 갖춘 검은 도시락은 일찌감치 와 기다리고

식당 모니터 화면은 수시로 바뀌다가

낯익은 이름 곁에 '화장 중' 한 줄 올라탄다

먹고 사는 일 가장 중요하니
제 몸 사르며 배려하는 유훈

고개 숙여 밀어 넣는 한입 밥알
냉정하리만치 세련된 고별실 식당

상주 혼자 걷지도 못하는데
묵묵히 차례를 기다리며 삶의 잔반을 버리고 있다
―「묵묵무언」 전문

　위 시는 제목 그대로 주검 앞에 입을 다문 채 아무 말이 없음 그 자체이다. 화장장에서 주검은 "줄 서서 가는"데, "예를 갖춘 검은 도시락은 일찌감치 와 기다리고" 있는 이른바 지극히 낯설지만 결코 낯설지 않게 여겨지는 상황이 삶과 죽음의 경계이다. 죽은 자가 "제 몸 사르며 배려하는 유훈/ 먹고 사는 일 가장 중요하니" 살아있는 자는 "고개 숙여" 밥을 먹고, 언젠가는 죽을 것이지만 "묵묵히 차례를 기다리며 삶의 잔반을 버리고 있다." 살아있는 자가 죽은 이에게

미안한 마음을 갖는 까닭은 당신은 죽음 저편을 가고 있는데, 나는 살아서 당신이 주신 밥을 먹고 있다는 것. 그리고 머지않아 당신을 잊을 것이라는 점이 아닐까. 언젠가는 우리 모두 다 그렇게 잔반처럼 잊힌 존재가 될 것이라는 지점, 이러한 허망함의 끝자락에 다음 시가 있다.

쑥 캐는 누부야 바구니 들고
가난한 가슴 벚꽃처럼 벙글었지

자다 놀라 소리쳐 어둠 속 뛰어들던 꿈이
어머니 기도 속에 묻히고

하늘 버리고 땅 버리고
천당 거기 있다고 생각했을까

누부야 꽃구경 가자
품바 장단에 하얗게 웃던

이제야 돌아보는 누부야 가슴에
꽃잎으로 좌정하던

위 시의 화자는 저승에 있는 남동생이 이승에 있
는 누이를 시적 청자로 삼아 이야기하였다. 벚꽃이 흐
드러지게 피던 날, "하늘 버리고 땅 버리고 천당"은
"어머니 기도 속에 있다는 것"을 깨우친다. 화자로서
남동생은 "품바 장단에 하얗게 웃"는 벚꽃으로 현신
하여 "꽃 구경" 가잔다. 이를 듣던 시적 청자인 누이는
이제야 남동생이 자신의 "가슴에 꽃잎으로 좌정"하
는 것을 알아차린다. 남동생의 죽음이 찬란한 벚꽃잎
으로 가슴 가득 자리 잡는 날, 비로소 죽음은 따뜻한
상처이고 후끈거리는 사랑이라는 것에 느꺼워한다.

사람이 사람인 것은 살아있는 것을 사랑하기 때문
이다. 신혜지의 시에는 그가 만나는 곳곳의 사람을 향
한 연민과 애정이 넘쳐흐른다.

치매에 걸린 비운의 삶이지만 오히려 순백의 순
연한 상태로 회귀하여 살아가는 "일요일 성당 위령회
… 호호백발 소녀"(「유아방」)는 "혈관성 치매에 깜박깜
박 적신호가"(「치매」)왔음을 체득하는 나의 모습과 같
다. "대구가톨릭병원 암 병동"에 투병 중인 옥술 언니
는 "떠나지 않아도 주인 찾아올 명줄/ 묵주 알 기억이

117

뚝뚝 떨어지고 있다."(「둥근 구속」) 죽음이라는 구속, 그
둥근 굴레에 살아가는 인간을 향한 가없는 연민이다.

> 그녀의 피는 싱그럽다
>
> 문지기처럼 문짝에 붙어버린
>
> 페트병 하나, 갈아놓은 고춧물
>
> 뚜껑을 열자
>
> 혈관 터지듯 붉은 포물선
>
> 그녀의 마지막 소리 같다
>
> 펑, 천장에 흐드러지게 핀 장미
>
> 맵고 짰을 그녀의 고통이 피워낸 꽃밭
>
> 의자에 올라 양손 뻗어 지워내는데
>
> 그녀의 흔적이 가맣다
>
> 오월 햇살은 아직 창창한데
>
> —「장미」부분

이 시의 화자가 말하는 시적 대상인 "그녀의 낡은
냉장고"엔 "누렇게 빛바랜 문짝에 붙은 장미 한 송이"
가 있다. 이를 두고 화자는 오랜 투병에 지칠 대로 지
쳐 찌들어가는 그녀를 떠올린다. 누런 종이의 장미는
빛바래고 사위어가는 삶을 간신히 받쳐놓은 "삶의 지

렛대 같다"고 여긴다. 낡은 냉장고에는 잊혀져 가는 그녀처럼 잊힌 "갈아놓은 고춧물"이 있는데, 급기야 "혈관 터지듯 붉은 포물선/ 그녀의 마지막 소리"처럼 주체할 겨를도 없이 솟아 넘쳐흐른다. 그녀의 마지막 삶의 장면은 "맵고 짰을 그녀의 고통이 피워낸 꽃밭"으로 갈무리된다. 화자는 그 흔적을 지워보지만 그녀의 맵고 짰을 삶을 잊지 않는 한, 그녀는 늘 밝고 엷게 검은 흔적으로 영원히 남아 있다. 게다가 살아있는 게 죽는 것보다 못하다는 비극적 인식의 정점에 다음 시가 있다.

소금이 타는 염전에서

열 받아요

가장 닮고 싶은 아버지는

빛나는 빚을 주셨고요

덤으로 엄마 넷 었었어요

호적이 참 단단해요

생모는 어느 목사님 아내가 되었어요

소주가 짭짤한 물맛으로 바뀔 때면

전화가 와요

기도하는 게 싫어서 받지 않아요

아버지 유언장을 봐요

술 때문에 우리집 망했다는 말이 없잖아요

세상사 꿰뚫어 보는 건 내림인가 봐요

발자국 따라다니는 쾨쾨한 고린내

숨이 막힐 때까지

숨을 죽일 때까지

파고드는 신의 장난

바람과 별 이슬이 뼛속까지 단단해요

—「늙은 총각의 말」 전문

위 시의 주체이자 시적 화자인 늙은 총각은 이른바 염전 노예인 듯하다. 가족의 해체와 무력함으로 찌든 결정론적 운명의 삶을 "발가락 따라다니는 쾨쾨한 고린내"로 감각화하여 표상하고 있다. 운명이란 "숨이 막힐 때까지/ 숨을 죽일 때까지/ 파고드는 신의 장난"이어서, 늙은 총각을 둘러싼 바람과 별과 이슬의 상쾌함마저 노동으로 지친 뼛속에 스며들어 고단하고 단단하게 화석화될 뿐이다.

신혜지 시의 시적 대상으로 떠올려진 사람들은 평탄한 삶을 살아가는 이들이라기보다 시련과 고난의 굴곡진 삶을 참고 견디어 이겨내는 양태로 그려진다.

"남편 앞세운 지 육 년째/ 혼자서 중국집 끌고 간다"
비록 응어리로 남았지만 "심장에 묵힌 남편 그리움까
지/ 탈탈탈 털어내면 깃털처럼 가벼워진 몸 … 흐린
날엔 두루두루 임을 봐야 한다"(「명랑 오토바이」) 명랑
한 그녀의 삶은 근심과 걱정의 차꼬를 벗어던지고 스
스로 자신의 삶을 찾아가는 호쾌한 멋으로 가득하다.
    "십 년 첩살이"의 삶이란 "첩이 첩에게 밀리며 뻗친
자존심으로" 살아내는 질경이 같은 것. "난봉꾼 서방
과 아이 넷을 버리고 떠나온 고향/ 끓는 가슴에 담배
만 뻐끔뻐끔/ 술 팔아 일수놀이 하는 게 직업이고/ 푼
돈 같은 이자로 생활비 하는 게 나날의 삶이다."(「화류
동풍」) 남들이 화류계 여자라고 손가락질하지만 꿋꿋
하게 살아간다. 마찬가지로 "장구채를 휘두르고/ 가
야금 줄을 퉁기던 아내"가 미분양 상가 사기에 휘말
려 탕진하고 "24시간 요양병원 정신줄 놓은 어른 헛
소리를 받아내고 있"(「수상한 남편」)지만 살아가는 게
인생이다. 아울러 "푸르고 멍든 심장의 붉은 티켓/ 단
골손님 어깨에 묻혀/ 커피잔에 피어나는 너는/ 고통
으로 피는 꽃이야 향기야"(「참꽃 다방」)라고 다독거린
다. "기계 소리 멈춘 공장 귀퉁이에서/ 대리 운전비
꼬깃꼬깃 쥐고/ 벚나무 애벌레처럼 웅크린 채"자는

결혼 이민자인 그녀에게도 "꽃길이란 이름 때문에/ 숭숭한 잎/ 퍼석거리고 있다/ 길을 태우고 있"(「가을, 벚나무」)는 삶이 있다.

남들의 약한 점을 거듭 따뜻이 어루만져 감싸고 달래는 다독거림이야말로 신혜지 시가 지닌 사람살이의 사랑이다. 상처를 지닌 사람만이 남의 사정을 잘 헤아려 너그럽게 받아들이는, 이해와 동감을 일컬어 따뜻한 상처, 후끈거리는 사람, 사랑이라고 말하는 까닭이 여기에 있다.

4. 지역 사랑, 지역시의 나아갈 길

시집 『누부야, 꽃구경 가자』 제4부에 편재된 시는 지역 사랑, 지역시의 면모를 아낌없이 보여주고 있다. 지역시란 본질적으로 구체적인 지역적 상황과 맞닿은 지역 사람들의 이야기이다. 말하자면 구체적인 지리적 정황과 잇닿은 지역 정서의 문제이다. 지역의 사회적 역사적 조건이 시인에게 반영된 것이기도 하지만 반대로 시인이 지역의 역사적 사회적 조건을 형성하는 주체가 되기도 하는 여울목에 지역시가 자리 잡는 것이다. 이러한 전제 아래, 다음 시는 신혜지 시인의 지역시에 관한 주체적 인식이 오롯이 담겨 있어 주목된다.

흰 속살 살포시 드러내
대를 이어 피었네

꽃샘바람 불 때마다
청렴청렴 흔들리며 홀로 핀 눈물이여

붉은 무리 속 피멍 든 순결
꽃의 허물 덮어쓴 아득한 탄핵

구근久勤의 노여움 하얗게
태양을 향해 핀다

－「비슬산 흰 진달래 · 1」 전문

위 시는 박근혜 전 대통령의 탄핵과 구금이라는 정치적 상황을 우의화 하였다. "비슬산 흰 진달래"로 표상되는 박근혜 전 대통령의 은유 체계를 넘어서, 이야기 전체가 하나의 총체적인 은유라는 점에서 전형적

인 우의(allegory)라고 하겠다. 따라서 "대를 이어 피었네"라는 시적 진술은 박정희 전 대통령의 대를 이어 그 직을 수행한 것이며, 박근혜 전 대통령을 "청렴청렴 흔들리며 홀로 핀 눈물"의 꽃으로 표상하였다.

"붉은 무리 속 피멍 든 순결/ 꽃의 허물을 덮어쓴 아득한 탄핵" 역시 촛불 시위를 맞닥뜨린 박근혜 전 대통령의 정황과 세월호 참사와 국정농단의 모든 허물을 국정의 최고 책임자로서 감내할 수밖에 없음을 밝혔다. 이에 관한 시적 화자의 태도는 박근혜 전 대통령이 '억울하게 부당한 책임을 뒤집어썼다'라고 "덮어쓴"을 표명함과 동시에, 이러한 제반 정황이 탄핵으로 귀결되어, 막막한 심정을 토로하였다.

기승전결의 시적 짜임을 지닌 이 시의 4연인 결구에서 시적 화자는 "구근의 노여움"이라는 중의적 표현을 통해 제반 정황에 대한 나름의 총체적 신념을 응축하고 있다. 표층적으로 구근久勤은 한 가지 일에 오랫동안 힘쓰는 것을 일컫는다. 말하자면 오랫동안 변하지 않을 구久에 부지런할 근勤을 뜻하는 것이다. 그러나 부지런할 근勤을 표층에 놓아두고 청렴과 정직을 뜻하는 근謹을 심층구조로 남겨두었다면, 이 시는 2연 "청렴청렴"으로 표상되는 비슬산 흰 진달래를 마지막 결구에서 한 번 더 강조한 것이 된다. 박근혜 전 대통령의 "노여움"이라는 관념적 사유에 "하얗게"라는 감각적 표상 체계가 어우러져 궁극적으로 "태양을 향해 핀다"라는 명명백백을 더욱더 강조함으로써 의심할 여지가 없이 뚜렷한 결백을 토로하고 있다.

이러한 시적 화자의 신념은 "눈꽃 바람 매서워도/ 결백 결백/ 감옥에서 밤을 샌 세월이여// 적폐 청산 촛불의 나라/ 촛불 허물/ 덮어쓴 멧부리 참꽃"으로 이어지며 "소쩍새 구슬피 우지 마라/ 화란禍亂 너머/ 화란花爛으로 이기리라"(「비슬산 흰 진달래·2」)로 승화되기까지에 이른다. 작금의 상황은 재앙과 난리이지만, 먼 훗날 흰 진달래가 활짝 피어 더욱 화려할 것이라는 신념의 총체화이다. 따라서 지금은 "남벌濫罰의 숲"이어서 일정한 기준도 없이 함부로 벌을 준 형국이지만 "별처럼 선명한 결백 있으니/ 역사가 들고 일어난다"(「비슬산 흰 진달래·4」)고 초지일관의 자세를 견지하고 있다.

이 시를 두고 역사적 해석과 관점에서 시시비비를 가리는 것은 온당치 못하다는 생각이다. 정치적 담론의 시가 없는 바는 아니지만, 굳이 정치적 관점으로 해석할 일이 아니라, 각기 다른 이상이 공존하는 것으로 읽혀야 마땅하다는 생각이다. 게다가 시인이 몸 담은 달성 지역 사람들이 그리는 감정적 열망의 총체, 그 그물코에서 시인이 그 지역의 사회적 역사적 조건 을 형성하는 주체가 될 수 있다는 것이 예사롭지 않다 는 점을 밝혀두고자 한다.

달성 지역의 달창지 벚꽃길은 시인이 몸담은 '곳' 의 정점인 듯하다. 단순히 한 시인이 자라고 붙박고 사는 삶터로서가 아니라, 시적 생성의 회로를 타고 끊임없는 생명력을 발휘하는 원형이다. 따라서 「벚 꽃」, 「달창지 벚꽃길」 연작시를 통해 "야들야들 건너 가는" 사람들의 삶을 그려내고, "모든 근심 다 달라 하네", "까만 빈 봉지 버석거리는 애환"(「현풍 백년 도깨 비 시장」)를 떠올린다. 지역의 등고선 너머 자신이 사 는 지역과 사람을 사랑하는 마음이 지극한 신혜지 시 의 한 국면이다.

5. 맺음말

당나라 시인 백거이白居易는 시를 일컬어 "시란 정 을 뿌리로 하고 말을 싹으로 하며, 소리를 꽃으로 하고 의미를 열매로 한다. 詩者, 根情 苗言 華聲 實義"(백거이 「여원구서與元九書」) 라고 하였다. 신혜지 시인은 자신의 존재에 관한 자각을 단초로 삼아 정진하였다.

물물의 본상을 좇아 은행나무였다가, 들장미이거나, 물억새에 이르기까지 궁구하였다. 물억새의 생존 법칙에 이르러 바닥에 처한 삶의 자존감을 "물에 베인 얼굴"로 형상화하였다. 자신이 넘어져 상처를 입은 곳이 자신이 일어날 곳이라는 지극히 마땅한 삶의 진리를 알아차리고, 꽤 오랜 시간 상처를 상처로 추슬렀다.

떠난 사람과 남겨진 사람, 그 허망의 끝자락에서 비로소 죽음은 따뜻한 상처이고 후끈거리는 사랑이라는 것을 깨닫는 지점이 신혜지 시의 정점이다. 따라서 빛바래고 사위어가는 사람들의 삶을 향한 정념이 그의 시의 거멀못이 된 것은 마땅한 일이다. 그들을 향해 억누르기 어려운 생각을 시로 옮겨 적었는데, 결코 어둡지않아 명랑한 희망의 시, 스스로 자신의 삶을 찾아가는 호쾌한 멋으로 그득하다는 점이 빼어나다. 희망은 신혜지 시의 사상이며 삶의 원천이다. 희망의 면류관으로 세상 사람의 절망을 끌어안는 시인으로 거듭나기를 응원한다.

反詩시인선 018
누부야, 꽃구경 가자

펴낸날 | 2023년 1월 20일 초판 1쇄

지은이 | 신혜지
펴낸이 | 강현국
펴낸곳 | 도서출판 시와반시

등록 | 2011년 10월 21일 등록(제25100-2011-000034호)
주소 | 대구광역시 수성구 지산로 14길 83, 101동 2408호
전화 | 053) 654-0027
전송 | 053) 622-0377
전자우편 | khguk92@hanmail.net

ISBN 978-89-8345-146-0   03800